AF320683

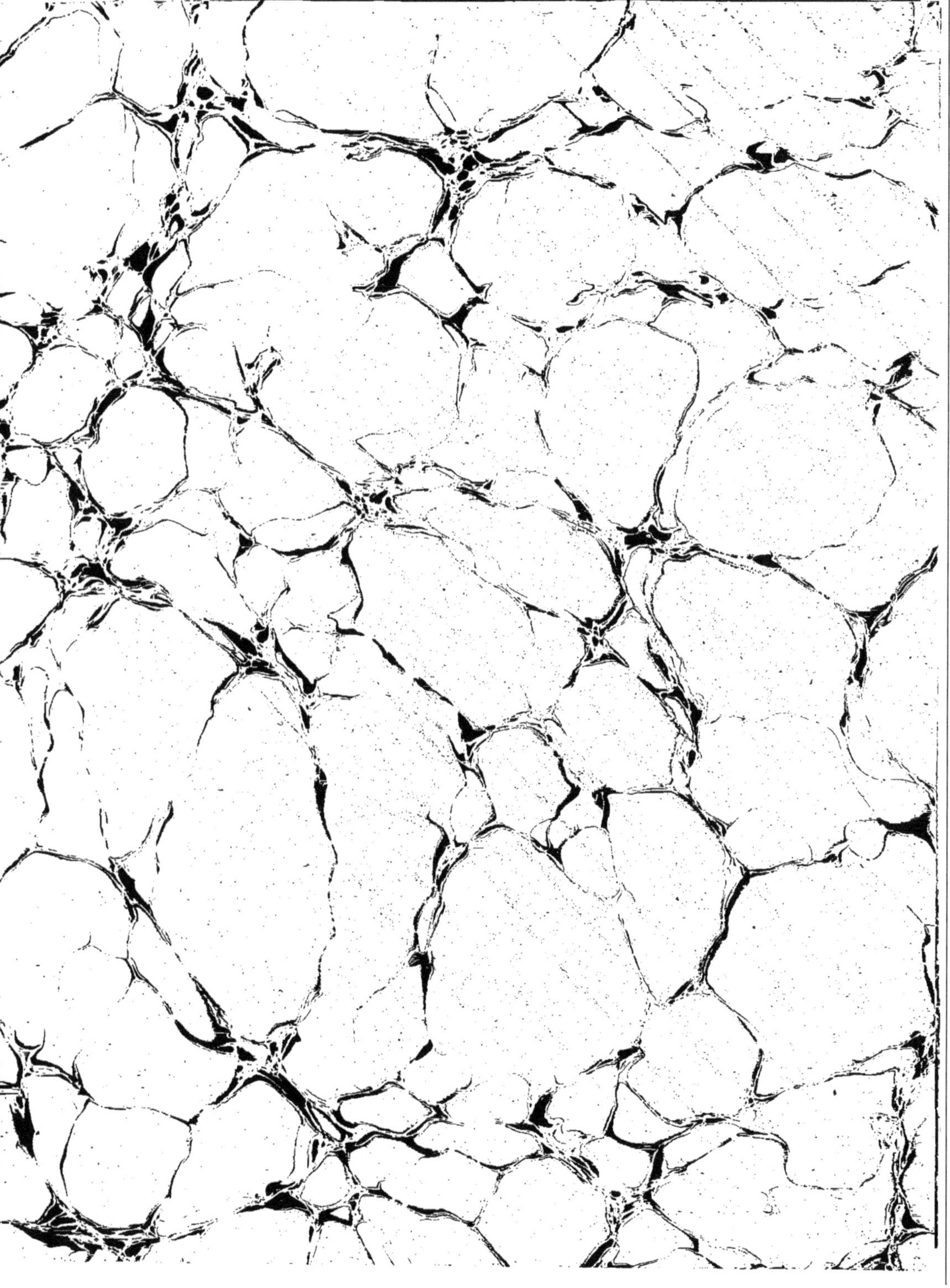

Statuts
des Marchands
Merciers, Grossiers, Joüailliers
de la Ville de Paris.

ORDONNANCE
DU ROY
LOUIS XIII.

SERVANT DE STATUTS AUX
Marchands Merciers, Grossiers, Joüailliers
de cette Ville de Paris.

OUIS PAR LA GRACE DE DIEU, Roy de France et de Navarre: A tous présens & à venir, Salut : Les Maîtres & Gardes de la Marchandise de Mercerie, Grosserie & Joüaillerie de notre bonne Ville de Paris, Nous ont fait remontrer, Que comme notredite Ville de Paris est la Capitale de notre Royaume, en laquelle pour notre frequente résidence, & de la grande affluence des Princes, Seigneurs, Ambassadeurs, & autres Personnes de toutes qualités, il se fait grand débit & consommation des marchandises ; aussi est-il nécessaire que le Corps de ladite marchandise soit bien reglé & po-

A

licé : Et pour éviter aux fraudes & abus qui pourroient arriver en débitant marchandiſes défectueuſes & non loyales, qu'elles ſoient bien & dûëment viſitées : En conſidération de quoi, les Rois nos Prédeceſſeurs ont fait & donné pluſieurs Statuts, Privileges & Ordonnances, pour le reglement & police de leur Corps & deſdites marchandiſes, manufactures, apports, ventes, reventes, & conditions d'icelles, expérience, réception des perſonnes faiſant trafic : Etabliſſement des Maîtres & Gardes ; viſitations des marchandiſes, poids, meſures, & generalement pour toute la police néceſſaire, afin d'obvier auſdits abus & malverſations, mêmement le Roy Charles VI. dès l'an mil quatre cens ſept, & l'an mil quatre cens douze, commanda & ordonna pluſieurs Statuts ſur le fait deſdites marchandiſes & viſitations, leſquels ont été depuis confirmés & augmentés par trois Lettres Patentes du Roy Henry II. ès années mil cinq cens quarante huit, mil cinq cens cinquante-ſept, & mil cinq cens cinquante-huit ; & encore depuis par deux Lettres Patentes en forme de Déclaration : Confirmation & augmentation du Roy Charles IX. données ès années mil cinq cens ſoixante-ſept, & ſoixante-dix, & par le Roy Henry le Grand, d'heureuſe mémoire, & notre très-honoré Seigneur & Pere, que Dieu abſolve, par ſes Lettres Patentes du mois de Juillet mil ſix cens un. Par toutes leſquelles, combien que pour l'utilité publique, & afin que leſdits Marchands allant en un païs, & n'y trouvans pas bien ſouvent des eſpeces de marchandiſes qu'ils y veulent & deſirent acheter, ils en puiſſent librement avoir d'autre, & de tant de ſortes qu'ils aviſeroient pour bientôt en avoir dépêches, & y faire gain raiſonnable ; il leur a été permis de faire achats en tous lieux & vente en tout tems, tant en gros qu'en dé-

tail , indifferemment de toutes fortes de marchandifes ,
de vifiter par lefdits Maîtres & Gardes , fur toutes perfonnes , foit Bourgeois , Forains ou Etrangers , lefdites
Marchandifes achetées ou amenées en cette Ville , Prevôté & Vicomté de Paris , pour y être venduës ; & icelle
vifitation interdite & défenduë à tous les Maîtres & Jurés
des autres Etats & Métiers. Ce neanmoins lefdits Maîtres
& Gardes & Marchands de leur Corps n'ont délaiffé & ne
délaiffent encore journellement d'être moleftés , vexés &
travaillés en Procès , tant par les Jurés defdits autres Etats
& Métiers , que par autres faifant trafic defdites marchandifes , fe difans privilegiés fuivant notre Cour ; les uns
pour entreprendre ladite vifitation , nonobftant ladite
interdiction , les autres pour empêcher qu'elle ne fe faffe
fur leurs marchandifes afin d'en pouvoir librement vendre
bonnes & mauvaifes , au préjudice du public ; autres
pour empêcher totalement aufdits Marchands Merciers,
Groffiers & Joüailliers, la vente d'aucunes marchandifes,
& de quelques autres ; finon en gros & par certaines for-
mes d'étalages , & les achats des autres , finon hors cer-
taine diftance de cette Ville de Paris. Pour à quoi obvier ,
remettre le trafic en fon premier luftre , reformer les abus
qui fe font gliffés en la manufacture & debit des marchandifes , ils nous ont très-humblement fupplié leur vou-
loir continuer & confirmer lefdits Statuts , Ordonnances,
Reglemens , Privileges , poffeffion ancienne , & pouvoir,
tant au retranchement des Procès & differens qui pourroient être mûs & intentés contre eux , pour raifon defdits droits & Privileges , que reformation des abus &
malverfations qui fe commettent journellement en la
marchandife. Pour ce eft-il que Nous defirant l'augmentation & accroiffement de notre bonne Ville de Paris ,

A ij

4

que les Etats & marchandiſes ſoient bien reglez , & ôter
tout ſujet de plaider pour raiſon deſdites marchandiſes ,
achats , trocs , échanges , aports , viſitations , étalages ,
ventes d'icelles , ôté & retranché : Avons·de notre cer-
taine ſcience , pleine puiſſance & autorité Royale , continué & confirmé , continuons & confirmons auſdits Maitres & Gardes Suppliants, leſdits Privileges , Statuts, Ordonnances & Reglemens portez par leſdites Lettres Patentes , & Articles accordez , & donnez par noſdits Pté-
deceſſeurs eſdites années 1407. 1412. 1548. 1557. 1558.
1567. 1570. & 1601. ci-attachez ſous notre contre-ſcel.

ARTICLE PREMIER.

Conformément auſquels & à pluſieurs Arrêts , Sentences & Reglemens ſur le fait de ladite marchandiſe ,
en conſequence d'iceux , & pour l'utilité publique Nous
voulons & ordonnons que pour la direction dudit Corps
de marchandiſe , & faire obſerver nos Ordonnances ,
ſoient appellez & élûs aux Charges de Grand Garde &
autres Gardes des plus experimentez , bien fameux &
notables Marchands , ſans qu'ils puiſſent être déchargez ,
s'ils ne ſont ſeptuagenaires; ou qu'il y ait quelque autre
excuſe legitime qui puiſſe donner lieu à ladite décharge.

I I.

A l'élection deſquels ſeront appellez des plus anciens
& notables Marchands, juſques au nombre de ſoixante
au moins , leſquels ſeront tenus s'y trouver , à peine
chacun de ſoixante ſols d'amende , applicable aux
pauvres du Corps deſdits Marchands Merciers, pour en

la préfence du Subftitut de notre Procureur General en
la Prevôté & Vicomté de Paris, être fait élection par chacun an, d'un Grand Garde, & de deux autres Gardes, au
lieu de deux des anciens du nombre de fix, lefquels for-
tiront de Charge, de maniere qu'il y ait toûjours un
Grand Garde lequel fera annuel, & fix Gardes qui feront
triennaux, felon qu'il eft obfervé par le paffé, fans que
pendant le tems de leur exercice, ils fe puiffent abfen-
ter plus de fix femaines, & être déchargez, finon qu'il y
eut caufe & excufe, telle qu'apparemment ils ne puiffent
continuer leurs Charges.

I I I.

Aufquels Maîtres & Gardes nous défendons de bailler Lettres de Maîtrife dudit Etat, & ne voulons qu'aucun y foit reçû, ni admis qu'il ne foit né François, n'ait
été apprentif par trois ans continuels, & demeuré actuellement en la maifon de l'un des Maîtres, fervi après lefdits trois ans d'apprentiffage trois autres années les Maîtres,
& qu'il n'ait été trouvé capable par lefdits Maîtres & Gardes, payé les droits accoûtumez, & que ce ne foit aux
charges de faire & prêter ferment pardevant notre Prevôt de Paris, ou fon Lieutenant Civil, ou Subftitut de
notre Procureur General, de tenir Boutique ouverte, &
de mettre un tapis verd fur ruë, & outre de payer &
acquiter tous les ans les droits anciens & accoûtumez.

I V.

S'il fe trouve aucuns, entreprenans l'exercice dudit
Etat fans avoir payé lefdits droits anciens & ordinaires,
feront contraints à s'en défifter par faifie de leurs mar-

chandifes, clôture de leurs Boutiques, & par mulſé d'amende de vingt livres pariſis, ou autre plus grande.

V.

Ne pourront les Maîtres dudit Etat, tenir aucun Apprentif qui ſoit marié ou Etranger pour gagner la franchiſe de Maîtriſe ; & s'ils font le contraire, ſeront tenus de tous les dépens, dommages & interêts deſdits mariez ou Etrangers, & d'amende arbitraire, ſi n'étoit qu'ils montraſſent par Actes ſuffiſans les en avoir averti dès le commencement.

V I.

Ne pourront ſemblablement leſdits Marchands Merciers, & leur avons défendu & défendons, de faire & contracter aſſociation avec aucun, s'il n'eſt Marchand & Maître reçû audit Etat, ni de prêter leurs noms où marques pour le fait deſdites marchandiſes, à peine de privation de ladite Maîtriſe, & d'amende arbitraire.

V I I.

Pareillement leur avons défendu de ſe ſervir des noms ou marques des Etrangers & Forains, ſi ce n'étoit que pour paſſer les détroits & dangers des ennemis, ils y fuſſent contraints ; auquel cas ils ſeront tenus en avertir leſdits Maîtres & Gardes en leur Bureau, auparavant l'arrivage deſdites Marchandiſes à peine d'être icelles déclarées Foraines.

VIII.

Comme auſſi Nous leur défendons de tenir Hôtellerie, être Courriers ou Commiſſionnaires pour aucuns Marchands, Etrangers ou Forains, à peine de privation d'icelui Etat ou Maîtriſe, d'amende arbitraire.

IX.

Seront pareillement privez dudit Etat & Maîtriſe, s'ils viennent à icelui délaiſſer, comme ils feroient, s'ils s'adonnoient à autre vacation incompatible avec ledit Etat.

X.

Ne pourront iceux Marchands Merciers, Groſſiers & Joüailliers, tenir, ſoit dans le Palais ou en la Ville & Fauxbourgs de Paris, chacun d'eux plus d'une Boutique, ſous quelque prétexte que ce ſoit, ſuppoſé même que leurs femmes fuſſent capables d'en tenir de leur part.

X I.

Et ne vendront marchandiſes en magaſins, chambres, hôtelleries, lieux détournez, ains en leurs Boutiques & lieux patans & ouverts de leurs maiſons, à ce que leſdites marchandiſes puiſſent être vûës & viſitées par leſdits Maîtres & Gardes quand beſoin ſera, ſur peine de trente livres pariſis d'amende.

XII.

Leſquels Marchands Merciers reçûs audit Etat, tenans

Boutique ouverte, pourront & leur avons permis & permettons acheter, troquer ou échanger, tant en notre Ville, Prevôté & Vicomté de Paris, Villes circonvoisines d'icelle, & en tous autres lieux de notre Royaume, & Païs lointains & étrangers, ainsi que bon leur semblera, & trouveront pour le mieux, étaller comme ils verront bon être, vendre & débiter, troquer & échanger en icelle Ville, Prevôté & Vicomté de Paris, Villes de notre obéissance, & tous autres Païs étrangers, en gros ou en détail, toutes sortes de marchandises d'Or, d'Argent, Soye, Ostades, Serges de Florence razes, & Estamets de Milan, Serges de Seigneur, de Layde, de Moüy, de Chartres, d'Orleans, d'Ascot, & de toutes autres sortes, païs & façons; Camelots, Burails, Moncayars, Estamines, Fûtaines, Doublures, Frises, Revêches, Boucassins, Treillis, Bougrans, Draps de borde d'Espagne, d'Angleterre, & autres Pays étrangers; Toiles de toutes sortes ouvrées & non ouvrées, tant Françoises qu'étrangeres, grosses, moyennes & fines Chemises; Mouchoirs, Collets, & toute autre sorte de Lingerie; Chanvres, Lin; Fils de toutes sortes; teints & non teints; Cordes, Cordages, Ficelles, Sangles, Panneaux & Filets, tant de chasse que de pêche; Castors à faire Chapeaux; Laines filées & non filées, teintes ou non teintes; Bonnets, Chapeaux, Bas de chausses, tant de soyë, laine que fil ou autre étoffe; Camisolles, Cotons aussi filez & non filez; Maroquins, Cuirs du Levant, Chamois, Bufles, Buffetins, Chevrotins, Vélins, Peaux de Moutons parées; Cuirs de Megis, & generalement toutes sortes de Cuirs, Fourrures, Pelleteries, Gants, Mitaines, & tous ouvrages faits des susdites étoffes; Vins, Tapisseries, Coutils, Courtepointes, Couvertures, Castelognes, & autres; Franges,

Passemens,

Paſſemens, Dentelles, Laſſis, Poincts coupez, Rubans, Cordons, Boutons d'Or, d'Argent, de Soye, Fil, Crin, & de toutes autres étoffes, & de tout Païs & façons, même l'Or & l'Argent, tant fin que faux, filé ſur ſoye ou fil, enſemble Argent de Chipre, Soyes creuës & non écreuës, teintes & non teintes, & pareillement toutes ſortes de Joüailleries d'Or & d'Argent, Pierres précieuſes, Perles, Joyaux d'Or & d'Argent, Vaiſſelle d'Or & d'Argent, & d'autres métaux, Corails, Grenades, Agathes, Calcedoines, Criſtal: Ambre, Amatiſte, & toutes ſortes de Pierres taillées & non taillées, & toutes ſortes de Patenôterie, Droguerie, Epicerie, Breſil, Paſtel, Cochenille, Graine d'Ecarlate, Garance, & toutes eſpeces de teintures, Fer, Acier, Cuivre, Airain, Laton, ouvrez ou non ouvrez, neufs ou vieils, même fil de Laton, Medailles, Epées, Dagues, & Poignards, Lames, Gardes & garnitures d'iceux, & toutes autres ſortes d'Armes pour hommes & chevaux, Eperons, Eſtriers; Mors de chevaux, Fers, Cloux, Cizeaux, Lancettes, Canivets, Razoirs, Couteaux, Epingles, Aiguilles, Aiguillettes, Ceintures, Porte-épées, Peignes, Eponges, Serrures, Cadenats, Fermetures d'huis; Portes, Fenêtres, Coffres,& Cabinets, Dinanderie, Quinquaillerie, Coutellerie, & de toutes autres ſortes de marchandiſes de Cuivre, Fer, Fonte, Acier, & de toutes autres œuvres de forge & fonte; Miroirs, Images, Tableaux tant en boſſes qu'autrement, Peintures, Heures, Pſeautiers, Catechiſmes, & autres Livres de prieres, Papier, Plumes, Gaines, Etuits, Boëtes, Ecritoires, & generalement toutes autres ſortes & eſpeces de marchandiſes. Toutes leſquelles marchandiſes, denrées, & étoffes, & autres eſpeces ci-deſſus ſpecifiées;

B

Nous avons déclaré & déclarons être comprises sous le nom de Mercerie, & le droit de les vendre & debiter, tant en gros qu'en détail, troquer & échanger, appartenir aufdits Maîtres & Gardes de la marchandife, & particuliers Merciers étant de leur Corps.

XIII.

Enjoignons aufdits Maîtres & Gardes vifiter fouvent en notredite Ville, Faubourgs, Bailliage du Palais, Prevôté & Vicomté de Paris, & autres lieux où fe tiennent les Foires durant & hors tems d'icelles, les aulnes, poids & mefures, enfemble les marchandifes, fur tous Marchands indifferemment, tant dudit Corps de la Mercerie, Grofferie & Joüaillerie, Forains & étrangers, qu'autres Privilegiez, & non Privilegiez, même fur ceux qui fuivent notre Cour, afin d'empêcher qu'il ne foit acheté ou vendu à faux poids, ou mefures, marchandifes qui ne foient loyales, & des largeurs & longueurs qu'elles doivent être, fuivans les anciens Reglemens, à ce qu'aucun n'y foit deçu ni trompé ; leur permettant pour cet effet, & pour empêcher qu'il ne foit entrepris fur leur état & fonction, ni contrevenu à ces prefentes, qu'ils fe puiffent faire affifter d'un de nos Commiffaires ou Sergens du Châtelet ou autres, pour leur donner confort, aïde & prifon, fi befoin eft, faire faire ouverture, tant de jour que de nuit, de tous Magafins, Chambres, Boutiques, Coffres, Comptoirs, Armoires & autres lieux où ils fçauront, penferont, & pourront fçavoir & penfer y avoir marchandifes latitées & cachées, les faire faifir, tranfporter en leur Bureau, ou bailler en garde à perfonnes capables & fufsisantes pour en répondre , ou proceder par voye de scellé , le tout à telle fin que de raison , dont seront faits & dressez bons procès verbaux , & fait rapport à notre Prevôt de Paris , ou son Lieutenant Civil , ou Substitut de notre Procureur General audit Châtelet , sans que pour faire lesdites visitations , ouvertures , saisies & transports , ils soient tenus demander *Visa* ou *Pareatis* à notre Bailly du Palais ou son Lieutenant,ni à autres Officiers ou Seigneurs prétendant droit de haute Justice en notredite Ville , Faubourgs , Prevôté & Vicomté de Paris.

XIV.

Et pour ce que lesdits Marchands Merciers, Grossiers & Joüailliers ne font aucuns ouvrages ou manufactures sinon les paremens, enrichissemens & enjolivement de leurs marchandises , que Nous leur avons permis & permettons faire avec chevilles, esparts, forces, ciseaux, bâtons, aiguilles , & autres outils à ce necessaires : Nous défendons aux Maîtres & Jurez des autres Etats & Métiers de notredite Ville faire aucunes visitations sur lesdits Marchands Merciers tenant Boutiques , Bancs, ou Echopes de marchandises , ouvrages ou manufactures qui seront en leursdites Boutiques & Maisons , ou en chemin pour y être amenées & conduites, encore qu'elles fussent de la Profession, Etat & Métier desdits Jurez , fors & reservé seulement les marchandises & drogues entrans au corps humain, qui seront vûës & visitées, assistans le Doyen de la Faculté de Medecine , qui pour lors sera , deux des Docteurs de ladite Faculté , qui à ce seront commis par chacun an , deux Maîtres Merciers & Grossiers, & deux Maîtres Jurez Apotiquaires de cette Ville.

X V.

Aufquels Jurez des Arts & Métiers Nous avons défendu & défendons de tenir Chambre ou Bureau pour entreprendre la vifitation fans toutefois déroger aux vifitations qu'ils ont accoûtumé de faire aux Boutiques & Chambres de ceux de leurs Arts & Métiers, à peine de douze livres d'amende pour chacune fois qu'ils entreprendront ladite vifitation.

X V I.

Comme aufli Nous avons défendu & défendons aufdits Artifans & gens de métiers, faire trafic & expofer en vente aucune marchandife, qui n'ait été faite ou manufacturée par eux ou leurs ferviteurs domeftiques en cette Ville & Faubourgs de Paris, à peine de confifcation & d'amende arbitraire.

X V I I.

Lefquelles marchandifes ainfi par eux & leurfdits ferviteurs domeftiques faites en leurs maifons, ils feront tenus marquer de leurs marques, afin qu'on puiffe connoître de quels ouvriers elles feront procedées, pour en cas de malfaçon & défectuofité defdits ouvrages, s'en adreffer à eux, comme tenus refponfables qu'ils en feront, en quelques mains que feront trouvez lefdits ouvrages défectueux.

X V I I I.

Défendons aux Forains, Etrangers & aux Bourgeois

qui ne font reçûs Maîtres dudit Etat, & qui n'ont Lettres de Mercerie, de vendre & diftribuer aucunes de leurs marchandifes en notre Ville & Faubourgs, finon ès lieux & aux tems ordinaires des Foires de Saint Denis, Saint Germain & du Landy, après avoir été vifitées par lefdits Maîtres & Gardes.

XIX.

Pourront néanmoins hors lefdites Foires, & en tout tems amener en notredite Ville de Paris toutes fortes de marchandifes, à la charge toutefois qu'icelles arrivées, les Voituriers tant par eau que par terre feront contraints les faire defcendre aux Bureaux defdits Maitres & Gardes, aufquels ou à l'un d'eux, lefdits Voituriers feront tenus de montrer & d'exhiber leurs Lettres de voitures, pour être lefdites marchandifes par eux vifitées & celles qui pourront porter fcel, fcelées ou marquées, & de demeurer audit Bureau jufques audit tems des Foires. Et pour le regard des défectueufes & non loyales, en être fait rapport par lefdits Maîtres & Gardes à Juftice, pour être procedé à la confifcation d'icelles, ou autrement en être ordonné ce que de raifon.

XX.

Qu'avant lefdites Foires, lefdits Forains, Etrangers & Bourgeois non reçûs Maîtres, & qui n'ont Lettres de Mercerie, pourront huit jours devant icelles, faire retirer dudit Bureau leurfdites marchandifes, qui par ladite vifitation fe feront trouvées bonnes & loyales, en payant aufdits Maîtres & Gardes un denier tournois pour chacune livre tournois, tant pour la vifitation que garde de ladite marchandife ; laquelle lefdits Maîtres & Gardes feront refponfables, & contraints à la reftitution d'icelle.

XXI.

Et fera permis aufdits Forains, Etrangers & Bourgeois non reçûs Maîtres, & qui n'ont Lettres de Mercerie dudit Etat, de vendre & diftribuer leurfdites marchandifes ainfi vifitées durant lefdites Foires, & huit jours après icelles, en gros & non en détail : Auffi les huit jours paffez feront tenus faire remballer & empaqueter le furplus defdites marchandifes, & icelles rapporter audit Bureau, pour être venduës aux autres Foires fuivantes, ou bien les renvoyer où bon leur femblera fans aucunement en difpofer par eux ou autres de leur part en ladite Ville & Faubourgs, hors Foires ès lieux d'icelles fur peine de confifcation & d'amende arbitraire.

XXII.

Que ladite vente en gros qui fe fera pendant & après les huit jours defdites Foires, ne fe pourra faire par lefdits Forains & Etrangers, ou autres non reçûs Maîtres dudit Etat, que fous cordes en Balles ou Ballons, Tonneaux, Barils, Caiffes, Sacs, Gommes & Douzains, & que les Pieces, Sacs, ou Gommes ne foient de la contenuë qui enfuit.

XXIII.

C'eft à fçavoir, les Futaines courtes & Futaines d'Alle-

magne de deux aulnes la piece, Toiles teintes d'Allemagne
d'onze aulnes & demie. Les Boucaſſins, Futaines doubles,
Futaines razes, Futaines rayées, Bordes doubles & ſan-
gles, Futaines de Gueldre, Boucaſſins de Gueldre, chacune piece de vingt-quatre aulnes; Serges d'Arras de
vingt-trois & vingt-quatre aulnes; Celles d'Angleterre &
d'Irlande de vingt-une à vingt-deux aulnes, & des largeurs
anciennement accoûtumées. Les Serges étroites d'Orleans
& Chartres de vingt aulnes de longueur, & demi-aulne
de largeur, & les doubles, enſemble les Revêches qui ſe
font en ce Royaume de pareille longueur, & d'une aulne
de largeur. Les Etamines larges qui ſe font en Auver-
gne, de ſoixante-huit à ſoixante & douze aulnes de long
du moins, & les étroites de quarante ſix aulnes de long.
Celles à Bluteau qui ſe font à Reims, & Païs d'environ,
de vingt-un aulnes; & celles à faire habits, les pieces
ſimples d'onze aulnes, & les pieces & demies de ſeize
aulnes & demie, le tout à meſures de Paris, & des lez
anciennement accoûtumez, & qu'elles ne ſoient entre-
ſuivans dûëment ſelon la montre, ſur peine d'être leſdites
pieces de marchandiſes eſſoreillées, & de cent ſols
pariſis d'amende. Les Camelots d'Amiens ſimple fil & fil
retors, & ceux de façon de Lille, de demi-aulne de largeur, & d'onze aulnes de longueur. La double piece de
vingt-deux aulnes. Les Serges à deux fils & trois fils d'une
aulne de largeur, & de vingt aulnes de longueur. Celles
de Moüy & Sedan de pareille longueur, comme auſſi
toutes ſortes de Serges qui ſe fabriquent dans notredite
Ville d'Amiens, de vingt-un aulnes, & pareillement une
Gomme, Deſguilles la mendre de ſix milliers, & toutes
d'une ſorte, le ſac de Sonnettes de la quantité de douze

douzaines & non moins. Les Razoirs, Cizeaux, Lancettes & autres œuvres de forge, à la douzaine entiere & non autrement, à peine de vingt fols parifis d'amende pour chacune douzaine.

XXIV.

Défendons à tous Hôtelliers de notredite Ville & Faubourg, d'expofer ni fouffrir être expofé en vente aucunes marchandifes pour eux, ou pour les Marchands Forains & Etrangers, à peine de confifcation & d'amende & de s'en prendre à eux ; lefquels Hôteliers feront tenus avertir lefdits Marchands Forains & Etrangers logeans en leurs maifons, qu'ils n'y en peuvent vendre, & qu'ils font tenus faire mener leurs marchandifes au Bureau defdits Maîtres & Gardes fis ruë Quinquempoix.

XXV.

Ne pouront lefdits Gardes permettre à aucun defdits Etrangers, faire en notredite Ville de Paris Etat de Couratier, ni recevoir en cette Charge autres que ceux qu'ils connoîtront gens de bien, & fuffifans pour répondre des fautes & larcins, fi aucuns font commis.

XXVI.

Ne pourront auffi les Couratiers faire en leur nom, ni pour autrui, aucun Etat de marchandife, fi celui pour lequel ils vendront, n'eft Bourgeois & Maître dudit Etat en notreditte Ville de Paris, & ce pour éviter aux abus

&

& monopoles qu'ils pourroient faire & commettre avec les Etrangers.

X X V I I.

Et afin d'empêcher les larcins & recelez des marchandises, deffenses seront faites, & les faisons à toutes personnes, d'acheter ou prendre en gage aucune sorte ou espece de marchandise d'aucuns serviteurs, revenderesses ou personnes inconnuës. Enjoint à ceux à qui lesdites marchandises seront portées de les retenir, & avertir lesdits Maîtres & Gardes, sur peine de restitution de ladite marchandise, & de vingt livres parisis d'amende, si lesdits serviteurs ou autres personnes n'apportent mandement ou certification du Maître à qui appartiendra ladite marchandise, que les acheteurs ou ceux qui prendront lesdits gages, seront tenus de retenir & garder pour décharge.

X X V I I I.

Et d'autant que pour la necessité des affaires il est besoin faire assemblée d'aucuns dudit Etat, ceux qui auront été appellez au nombre susdit de soixante au moins, & défaudront à se trouver au jour, lieu & heure designez, seront condamnez en vingt sols parisis d'amende applicable aux pauvres dudit Corps, sinon qu'ils soient legitimement excusez.

X X I X.

Que ce qui sera accordé & ordonné ausdites assem-

blées par les anciens Gardes de ladite marchandife &
autres , jufques au nombre de quarante ou cinquante
des plus notables , fera obfervé par les autres , à peine
d'amende arbitraire.

X X X.

. Que de toutes les confifcations & amendes des contraventions à ces préfentes , malverfations & forfaictu-
res , Nous aurons la moitié , & ledit Corps & Communauté l'autre , fuivant les Statuts dudit Etat , & qu'il s'eft
depuis obfervé , encore qu'il n'en fût aucune chofe pro-
noncée , refervé celles qui par ces Préfentes font appli-
cables aux pauvres dudit Corps & Communauté.

X X X I.

Et en cas de contraventions à cefdites Préfentes , & à
leurs autres Statuts , Privileges , Ordonnances & Reglemens , lefdits Maîtres & Gardes fe pourvoiront pardevant notredit Prevôt. Et s'il y a oppofition ou appella-
tion valable , ou fur procès par écrit , fe pourvoiront en
la Grand'Chambre de notredit Parlement.

X X X I I.

. Tous lefquels Articles , Reglemens & Ordonnances
ci-deffus , Nous voulons avoir lieu & être executez , pour
en joüir par lefdits Maîtres & Gardes , Corps defdits
Marchands Merciers , Groffiers & Joüailliers , préfens
& à venir , ainfi qu'il eft contenu ci-deffus , & comme
ils en ont toûjours bien & dûëment joüi & ufé , joüiffent
& ufent encore à préfent.

XXXIII.

SI DONNONS en Mandement par ces Préſentes à nos amez & féaux Conſeillers, les Gens tenant notre-dite Cour de Parlement à Paris, Prevôt dudit lieu, & à tous nos autres Juſticiers & Officiers préſens & à venir, & à chacun d'eux, ſi comme il appartiendra, que nos préſentes Lettres ils faſſent lire, publier, enregiſtrer, garder & obſerver, & du contenu en icelles joüir leſdits Maitres & Gardes, & Marchands Merciers, Groſſiers, Joüailliers & leurs ſucceſſeurs, ſans qu'il y ſoit contrevenu, ni innové aucune choſe, nonobſtant leſdites Sentences, Jugemens & Arrêts qui pourroient avoir été donnez au contraire. CAR tel eſt notre plaiſir. Et pour ce que de ces préſentes l'on pourra avoir affaire en divers lieux, Nous voulons qu'au vidimus d'icelles dûëment collationnées par l'un de nos amez & féaux Conſeillers & Secretaires, foy ſoit ajoutée comme au préſent Original : Et afin que ce ſoit choſe ferme & ſtable à toûjours, Nous avons fait mettre notre ſcel. DONNE' à Paris au mois de Janvier, l'an de grace mil ſix cens treize, & de notre Regne le troiſiéme. *Signé*, LOUIS : *Et plus bas*, Par le Roy, la Reine Regente ſa Mere préſente, DE LOMENIE. A côté *Viſa*, & plus bas eſt écrit.

Regiſtré, oüi le Procureur General du Roy pour joüir par les Impetrans de l'effet du contenu d'icelles. A Paris en Parlement le ſeptiéme jour de Mars mil ſix cens treize.

Signé, DU TILLET.

ORDONNANCE
DU ROY
LOUIS XIV.
SERVANT DE STATUTS AUX
Marchands Merciers , Groſſiers , Joüailliers
de cette Ville de Paris,

OUÏS , PAR LA GRACE DE DIEU ,
Roy de France et de Navarre;
A tous préſens & à venir , Salut : Nos Prédeceſſeurs Rois reconnoiſſant que le Com-
merce eſt l'un des plus grands moyens d'ac-
croître & enrichir les Etats & les Villes , auroient con-
cedé & accordé aux Maîtres & Gardes de la Marchandiſe de Mercerie , Groſſerie & Joüaillerie de notre
bonne Ville , Fauxbourgs & Banlieuë de Paris , Capitale
de notre Royaume , pluſieurs beaux Statuts , Privileges &
Reglemens , afin que comme ils avoient établi leur de-

C iij

meure ordinaire,& qu'il y a continuëment un grand abord & affluence de nos Sujets & des Etrangers, l'ordre & la Police qui maintiennent toutes chofes,qui ont été établies pour l'achat & vente des marchandifes, dont ceux dudit Corps font trafic, foient entretenus ; en forte qu'il ne s'y commette aucune fraude, abus, ni malverfation: Ce qui a donné fujet aufdits Maîtres & Gardes de Nous fupplier & requerir qu'à l'imitation de nofdits Prédeceffeurs : il Nous plût les conferver en la poffeffion & jouiffance defdits Statuts & Privileges, particulierement exprimez par les Lettres Patentes du feu Roy d'heureufe mémoire, notre très-honoré Pere & Seigneur, que Dieu abfolve, fi avec les précedentes, les Arrêts d'enregiftrement & copie de la quittance du droit de confirmation qu'ils Nous ont payé à notre avenement à la Couronne, attachées fous notre contre-fcel, il nous plût leur pourvoir de nos Lettres néceffaires. S ç A V O I R F A I S O N S , que voulant favorablement traiter les Expofans, de l'avis de la Reine Regente notre très-honorée Dame & Mere, de notre grace fpéciale, pleine puiffance & autorité Royale, leur avons confirmé & continué, confirmons & continuons par ces Préfentes lefdits Statuts, Privileges & Reglemens; Voulons & Nous plaît qu'ils en jouiffent & ufent pleinement & paifiblement, comme ils en ont bien & dûëment joüi & ufé, joüiffent & ufent encore de préfent. Si DON-NONS en Mandement à nos amez & féaux Confeillers les Gens tenans notre Cour de Parlement à Paris, Prevôt dudit lieu ou fon Lieutenant, & à tous nos autres Jufticiers & Officiers chacun d'eux, fi comme à eux il appartiendra,ces préfentes ils faffent lire, publier & enregiftrer; & du contenu en icelles joüir & ufer lefdits Maîtres & Gar-

des, & Marchands Merciers, Groffiers & Joüailliers & leurs
fuccleffeurs ; fans qu'il y foit contrevenu. CAR tel eft notre
plaifir. Et afin que ce foit chofe ferme & ftable à toujours,
Nous avons fait mettre notre fcel à cefdites Prefentes,
fauf notre droit en autre chofe, & l'autrui en tout. DONNE,
à Paris au mois d'Aouft, l'an de grace mil fix cens qua-
rante-cinq, & de notre Regne le troifiéme. *Signé* LOUIS ;
& fur le repli, par le Roy, la Reine Regente fa Mere
préfente, *Signé* PHELIPEAUX : Et fcellé du grand Sceau
de cire verte, en lacs de foye rouge & verte.

Collationné aux Originaux par moi Confeiller-
Secretaire du Roy, Maifon & Couronne
de France & de fes Finances

ARREST

QUI ORDONNE QUE TOUS

Marchands ne pourront avoir qu'un Apprentif, & que dans la quinzaine du datte de l'apprentiſſage , ils ſeront tenus d'apporter les Brevets au Bureau, pour prendre une petite Lettre , à peine de cent livres d'amende.

EXTRAIT DES REGISTRES
du Parlement.

EU par la Cour la Requête à elle preſentée par les Maîtres & Gardes du Corps des Marchands Merciers, Groſſiers & Jouailliers de cette Ville de Paris ; Contenant , que par leurs Statuts & Déclarations des Rois que la Cour a regiſtrées , il eſt expreſſément porté que pour être reçû Marchand Mercier , Groſſier , Joüaillier en cette Ville , il faut faire trois années d'apprentiſſage ; & après les trois années d'apprentiſſage finies , ſervir autres trois années chez un Marchand du Corps ; Comme auſſi qu'un Marchand dudit Corps ne puiſſe avoir qu'un Apprentif, & que dans la quinzaine du datte de l'apprentiſſage , les Maîtres ſoient

tenus d'amener leur Apprentif au Bureau defdits Maîtres
& Gardes, pour y repréfenter le Brevet d'apprentiffage,
& y être vû, regiftré, & à eux délivré une petite Lettre,
c'eft-à-dire, une certification que ledit Brevet d'apprentiffage a été vû ; ce que depuis quelque tems plufieurs particuliers du Corps ont negligé, & lefquels continuent de
faire en forte que par ce moyen ils fuppofent dans le tems
avoir eu des Apprentifs, lefquels dans la verité n'ont point
été actuellement demeurans chez eux, & même que plufieurs particuliers en ont jufques à deux ou trois contre
ce qui eft abfolument défendu par lefdits Statuts & Déclarations ; & ce qui auroit donné fujet aufdits Suplians de
fe plaindre au Prevôt de Paris qui auroit par Sentence
du 9 May 1647. prononcé que dans quinzaine, après la
paffation des Brevets, les Maîtres feront tenus les apporter au Bureau des Suplians, pour y être regiftré en
préfence des Apprentifs, aufquels il fera delivré par les
Suplians une petite Lettre appellée Lettre d'apprentiffage, en payant les droits, & à peine de 60 liv. parifis
contre chacun contrevenant, applicable moitié à la
Confrairie, l'autre moitié aux pauvres du Corps, &
lefquelles défenfes aux particuliers Marchands Merciers
d'avoir plus d'un Apprentif ont été prononcées par Arrêt du premier Juillet 1661. au préjudice duquel & de ce
qui eft voulu par lefdits Statuts qui a été expliqué ci-deffus, plufieurs particuliers du Corps defdits maîtres &
Gardes contreviennent chaque jour, ayant plufieurs Apprentifs, & ne tiennent compte en aucune maniere de fa-
tisfaire, c'eft-à-dire, de mener au Bureau iceux Apprentifs, pour y apporter les Brevets de leur apprentiffage,
pour y être regiftré, & prendre une petite Lettre ; ce

qui oblige les Supplians de fe pourvoir , étant certain que ces marques caufent beaucoup de défordre , en ce que dans ce tems on fait paroître des gens Apprentifs qui ne l'ont jamais été , & qui dans le tems prétendent être reçûs en la profeffion dont il n'ont connoiffance quelconque. A CES CAUSES , requeroient les Supplians être ordonné que conformément à leurs Statuts , que la Cour a regiftrez, tous Marchands Merciers , Groffiers & Joüailliers de cette Ville de Paris, ne pourront avoir qu'un feul Apprentif , & qu'à l'inftant du datte du Brevet d'apprentiffage , ou du moins quinzaine après icelui , ils feront tenus d'apporter au Bureau des Supplians lefdits Brevets d'apprentiffage , & d'y amener leurs Apprentifs , pour être ledit Brevet regiftré fur le Regiftre du Bureau , & délivré à l'Apprentif une petite Lettre en fatisfaifant aux chofes accoutumées , duquel jour courra feulement le tems dudit apprentiffage , à peine contre les contrevenans en l'un ou l'autre des cas ci-deffus , de cens livres d'amende contre chacun des Maîtres qui fe trouvera avoir plus d'un Apprentif , & qu'il n'aura point dans le tems ci-deffus amené fon Apprentif au Bureau , pour y prendre une petite Lettre , applicable aux pauvres du Corps des Supplians , & au payement de laquelle ils feront contraints, nonobftant oppofitions ou appellations quelconques , & fans préjudice d'icelles. Veu auffi les Statuts & Reglemens des Marchands Merciers de cette Ville de Paris , Lettres Patentes confirmatives defdits Statuts du mois de Janvier 1613. Arrêt d'enregiftrement defdites Lettres du 13 Mars enfuivant , l'Arrêt de la Cour du premier Juin 1661. & autres pieces attachées à ladite Requête , Signé , Dohin Procureur : Conclufions du Procureur General du Roy : Oüi le rapport de M. François-Jerôme Tambonneau Conseiller : Tout confideré. LA COUR a ordonné & ordonne, Commiffion être delivrée aux Supplians pour faire affigner en icelle qui bon leur femblera, aux fins de ladite Requête ; cependant feront lefdits Statuts, Arrêts & Reglemens de la Cour executez, felon leur forme & teneur ; ce faifant conformément à iceux, que tous Marchands Merciers, Groffiers & Joüailliers de cette Ville de Paris, ne pourront avoir qu'un feul Apprentif, & qu'à l'inftant du datte du Brevet d'apprentiffage, ou du moins quinzaine après icelui, ils feront tenus d'apporter au Bureau des Supplians lefdits Brevets d'apprentiffage, & d'y amener leurs Apprentifs, pour être ledit Brevet regiftré fur le Regiftre du Bureau, & delivré à l'Apprentif une petite Lettre, en fatisfaifant aux chofes accoûtumées, duquel jour feulement courra le tems dudit apprentiffage, à peine contre les contrevenans en l'un ou l'autre des cas ci-deffus, de cent livres d'amende contre chacun des Maîtres qui fe trouvera avoir plus d'un Apprentif, & qu'il n'aura point dans le temps ci-deffus amené fon Apprentif au Bureau pour y prendre une petite Lettre, applicable aux pauvres du Corps des Suplians, & au payement de laquelle fomme ils feront contraints, nonobftant oppofitions ou appellations quelconques, & fans préjudice d'icelles. FAIT en Parlement le féptiéme Juillet mil fix cens foixante-onze. Collationné.

Signé, DU TILLET.

De l'Imprimerie de J. CHARDON, rue Galande, à la Croix d'Or.

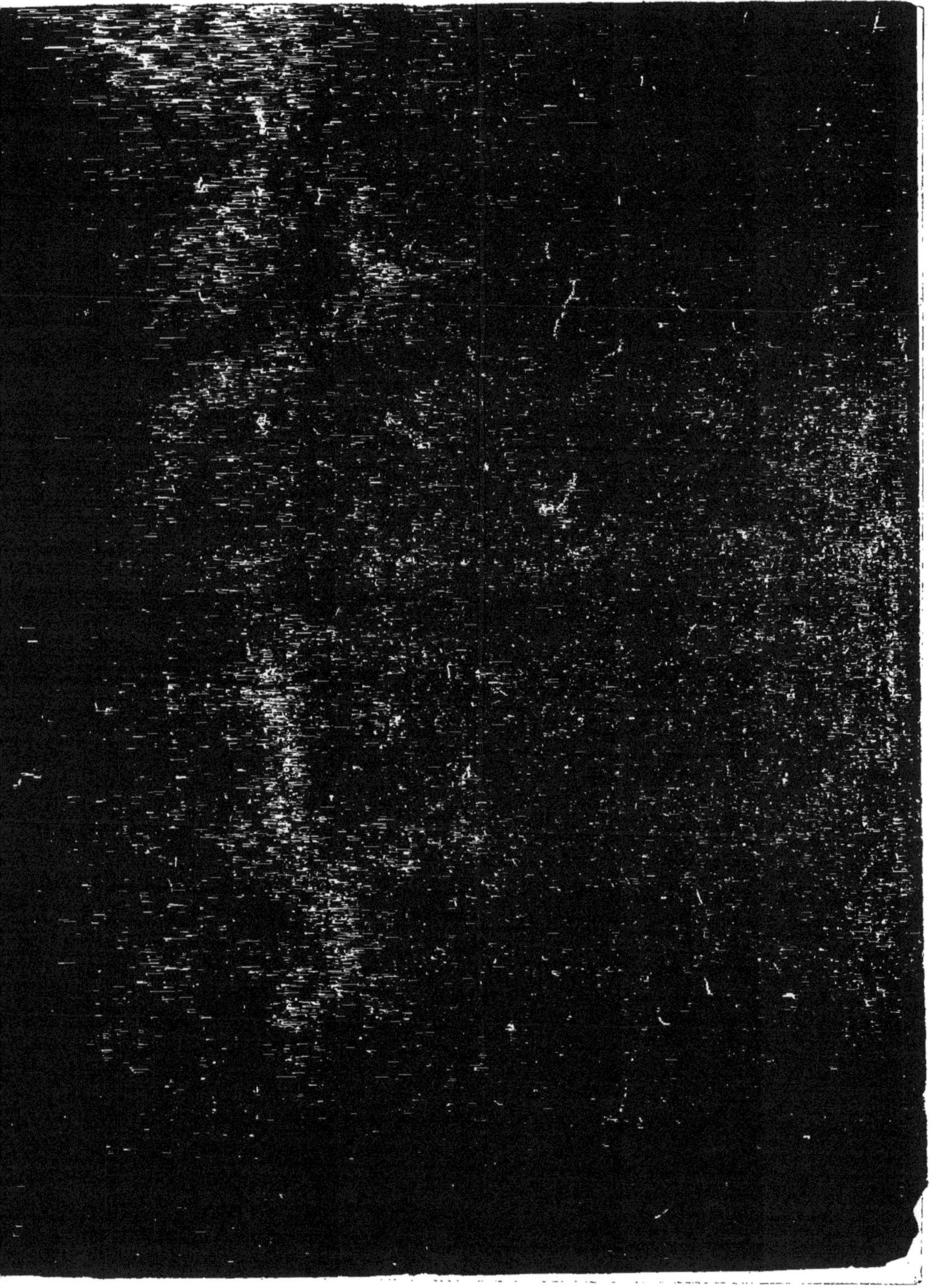

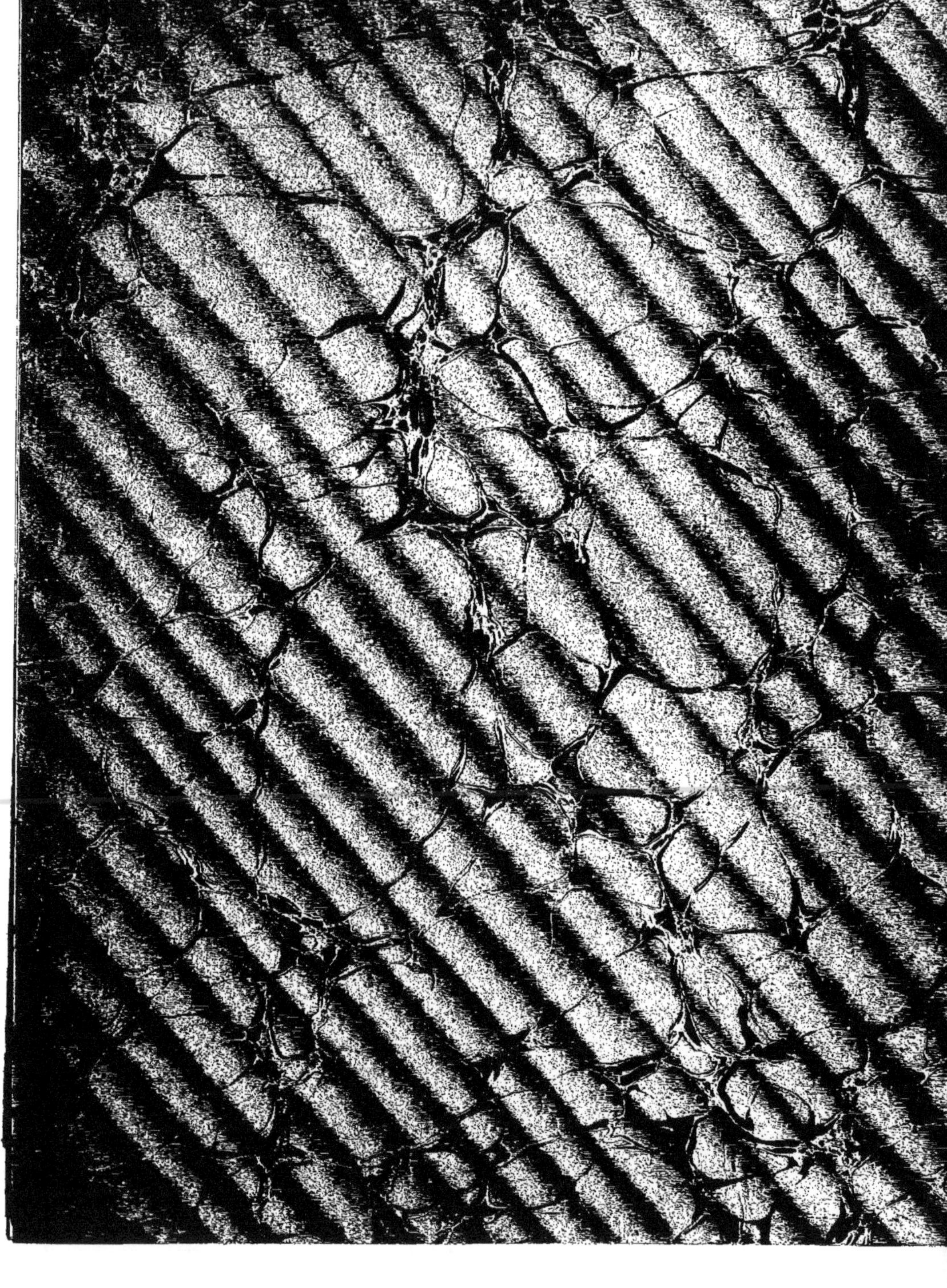